KB137615

시를 위한 연가

이병훈 李炳勳
호 지헌止軒, 본명 이병순李炳淳

- 《현대문학》 신인상 등단
- 《문학정신》 시 등단
- (사)세계문인협회 정회원(시,수필)
- (사)한국문인협회 문화진흥위원
- 대구문인협회 부회장, 국제펜클럽 대구지부 회원
- 한국낭송문학회, 달성문인협회 회장

저서

- 수필집 『알피니즘을 태운 영혼』
- 『수필과 음성문학』(엮음)
- 『대구사랑 시인들』(엮음)

시를 위한 연가

글 _ 이병훈

學而思 | 학이사

시인의 말

문학文學을 통해 삶을 생각했다.
시詩를 통해 사람의 길을 찾으려 했다.
모든 것이 쉽지 않았다.
꿈같은 착각이었다.
현실은 예쁘게 포장된 공해가 더 심했다.
어설픈 글줄로 또 다른 공해가 아닐까
걱정도 된다.
수삼 년을 공부해도 답을 찾기가 힘 든다.
그래도 더 매진하며 문학인의 사회적 역할과
시문학의 역할이 무엇인지 공부할 생각이다.

2020년 12월
이병훈

차례

Ⅰ. 동반

Ⅱ. 도가도 비상도

Ⅲ. 안나푸르나의 독백

IV. 아주 늦게

Ⅴ.하얀 일탈

I
동반同伴

시의 언덕

꽃의 아름다움은 무엇인가
삶의 의미는 또 무엇인가
청매화 향기는 어디서 오는가
매일 시를 넘으려 씨름을 하지만
진달래 고개를 오르기는 힘겹다
오늘도 사방 고도를 맞추지만
안개 속에 헤매네
내일은 안개비 멈추려나
멀리 시의 언덕이 골고다의 길인가
서쪽 노을은 저물어 가는데

동반

긴 모자 검은 안경으로 어둡게 포장한다
플랫폼에서 차가운 눈짓으로 접선
둘은 낯설게 행동하며 그림자처럼 검은 열차에 오른다
연습도 없이 배우처럼

사방에 텃새들의 눈빛이 시리고
낡은 방앗간의 참새들이 새벽을 깨운다
열차는 거침없는 질주 본능으로 욕망의 바다를 그린다
바다엔 자유와 날개가 있다

둘은 독배를 나누며 마지막 포옹으로 흐느낀다
이별의 파라다이스를 노래하며
못다 한 큐피드Cupid의 종점에서 검은 구름을 조각한다
바다는 붉은 술잔으로 산산이 깨어진다

우주엔 태양의 침묵이 내리고
조각달의 고요가 찾아든다
나설 수 없는 서글픈 인연
그래도 은하수의 동반을 그리며

생선 가시

식탁에 올려진 조기
살을 먹기 위해 가시를 뽑는다
물속 조기의 아름다운 유영을
받쳐주었던 가시
누군가의 절대 지킴이가
누군가의 성가심이 되는
이 배은망덕한 구조
나란 삶도
조용히 사라질 때
세상의 지킴이가 된
그런 날이 있었다
젊은 날의 아름다운 몸짓으로

지조

잡초도 한풀 죽은
칠월 뙤약볕에
장미는 거침이 없다
공기를 가르는 독기에
바람도 차마 건들지 못한다
내 삶에도
뜨거운 칠월과
흔드는 바람이 있었다
나는 한 번도
장미였던 적은 없다
푸른 독기의 당찬 도발이
지조인 것을
장미는 알고 있었던 거다

겨울 귀가

불빛에 가난한 저녁이 옵니다
쓸쓸한 창가가 환하게 빛날 때
어머니는
아직 세상에서 돌아오지 않은
구둣발을 기다립니다
찌개 냄새가 희미해진 골목을
소리 없이 흔들리는 힘겨운 그림자
그 끝에 서 있는
환한 어머니

초라한 밥상 위로
언 손과 거북등 손이 바쁩니다

선물

오래전에 받은 선물
오랜 뒤에
우연히 찾아 쓴다

벨트, 지갑, 손수건, 장갑 등
보내 준 이가 성큼 걸어온다

잊었던 선물에 잊혔던 사람

그 사람
짧게 혹은 길게
내게 머문 자리에
나는 수없이 다른 세상만
지었다 허물었다 했다
그때는 몰랐고 지금은 알게 된

가벼움

개기일식

사랑해도
만나지 못할 인연이 있다
어쩌다 만난 그 하루에
평생을 걸고
무너지지 않는 사랑이 있다

거울

어!
이렇게 생겼구나!!
정말 이렇게 작았었구나!!!
깊은 주름과 희어진 머리칼
이랬었구나!!!!

다른 이만 열심히 보았지
그래서 사정없이 직구를 날렸지
키가 작아 안 어울려!
나이보다 더 늙어 보여!!
구부정한 어깨 좀 펴!!!
제발 좀 빨리 걸어!!!!

정작 내 눈으로 볼 수 없는 나
인류에게 주어진 무서운 형벌
어리석지 말라는
신이 허락한 요만큼의 상상

거울에 의해 무참히 깨진
평생 간직하고 싶은
달콤한 환상

희생자 유다

영웅을 만들기 위해
한 사람은
밑바닥이기를
지탄과 멸시의 깃발 아래
인류는 돌은 던져
그래서
끝내 죽음조차 없기를
시험의 존재로서
신의 모습으로 살아나다

선물 같은 사람

늘 그랬던 사람
당연히 그래야 하던 사람
여러모로 모자라 화가 났던 사람
받고도 귀한 줄 몰랐던 사람
손끝에 말끝에 서있던 사람
그런 선물 같은 사람
내게 있었네

백 일 동안 붉다

너를 사랑한 까닭으로
같이 죽겠다
차가운 너의 땅 위에
온기로 스며들 수 있다면
백 일 동안 붉게
피겠다
우리 사랑 어긋나
너만 다시 산다 해도
내 목숨 결코
바꾸지 않으리

※ 꽃 '백일홍' 전설을 모티프로 함.

전설

이야기라는 것은
신을 찬양하다 은근히 돋쳐
슬쩍 인간을 주인공 만들면
금기가 있고 죽음이 노래가 된다
숙명이라면
우린 슬프다

삼배三拜

너에게 가는 마음을 붙잡으려
법당에 온몸을 던진다

지난 밤 뜬눈을 울린 매운 욕망이
부처의 감은 눈과 입 언저리를 돌다
받쳐 든 손바닥에
'툭'
앉는다

돌계단 아래 물오른 꽃망울이
활짝 핀다

모를 일

내일을
헤어진 일을
너를 잊을 일을
그리고
살아가야 할 일을

기도

어느 날 내가 다시 산다면
조금의 저항이라도
할 수 있는
내가 되리

견뎌야 할 때

하늘이 무너진 것 같을 때
온 세상 소리가 멎은 것 같을 때
밝은 대낮이 캄캄해진 것 같을 때
두 다리로 설 수 없을 것 같을 때
감각세포가 굳어버린 것 같을 때
영혼이 빠져나간 것 같을 때

국화 한 다발

초인종 울림도 없이
국화 한 다발이 걸어왔습니다
날카로운 향기는
허락 없이
현관을 비집고
거실을 누비며
코끝에서 부서집니다

그 사람도 그랬습니다
인기척 하나 없이
불식간에
마음 안에 터를 잡았습니다
그가 자라는 동안
나는 결코
숨조차 쉬지 않았습니다

눈먼 내 사랑
돌덩이 되기까지
그 사람 주위만 빙빙
돌았습니다
맴돌았습니다

초혼

신장 안 흰 고무신이
아직도 남아서
어린 아들의 마음을
설레게 합니다
얘야!
오늘은 장날이란다

핑계

헤어졌다

울고
울었고
또 울었다

너 때문이라고
그렇게
믿어버렸다

그대에게

- 하일군재래何日君再來

세상에서 가장
아름다운 곳은 가지 않습니다
언젠가 하는 기대와 바람으로
꾹꾹 눌러 담아 둡니다
그 쓸쓸한 생각의 밭에
비가 오고 눈이 왔다 갔습니다
어김이 없는 이 무심한 인사가
때론 더 서럽습니다
먼 그대여
언제 오시나요!

II
도가도 비상도道可道 非常道

살아가는 힘

너는
나의 모든 것
그리고
너도
나만 보는 것
이 뜨거운 고통을
믿는 것

순환

남이 차를 박았을 때
모진 응대가
남의 차를 박는
필연의 순환

사람을 버릴 때
냉정했던 입술이
사람에게 버려지니
피가 맺히도록 깨물어진다

반복의 강조를
모르거나
늦게 알거나
혹은 수시로 잊는
불안전한 불완전함이여

도가도 비상도道可道 非常道

행복이 말 많은 순간
행복하지 않다

그러나
행복이 자유로워질 때

오직
행복이 모르는
삶 그 자체일 때

하늘에 닿을 거라 손을 뻗는다

누군가에게
자주 이런 말을 하지

'하늘에 닿을 거라 손을 뻗는 게 아니라고'
그래서 자꾸
뭔가를 하라고
의미를 가지라고

이렇게
착각은 지독한 것이다

동의

너에게 말했어
'내가 원하는 네가 되길'
동의는 받지 않았어
정말 그 말 자체를 몰랐어
그 어떤 날도
너는 말이 없었어
하지만
너의 눈은 소리 질렀어
'나도 네가 되고 싶어!'

벚꽃유사

아프다

3월의 마지막이
깊은 너의 침묵이
가시 돋친 눈길의 날카로움이
종내
꿈꾸듯 돌아서던 너의 뒷모습이

벚꽃을 보니 알 것 같다

못 했을 말의 그 막막함을
그래도 알 것이라는 그 믿음을
종일 꽃 속에 묻었을 그 순정을
그 기다림을

그래서 더 아팠다

낙동강은 굽어 흐른다

누구나
똑바른 길을 가고자 한다
그러나
강물은 굽는다
산맥을 피해
마을을 피해
그렇게 돌아 돌아
길을 간다

내 인생의 많은 길을
똑바로만 갔다
그래서인지
너는 떠났고
나는 남았다
물길을 보지 못한
작은 눈에
반짝이는 물빛아

아픈 가슴

보고 싶을 때
말하고 싶을 때
함께하고 싶을 때
그리고
혼자임을 알았을 때

길들여진다는 건

길들여진다는 건

무언가를 받아들이는 길
그 길은
마을 한 바퀴보다 멀지 않은 길
그래서 빨리 돌아갈 수 없는 길

길들여진다는 건
아프도록
누군가를 사랑하는 일
사랑으로 온 생각을 채우는 일
그 하나로 한 생애의 시작이고 끝인 일

그리고
눈물 흘린 날이 많은 일

안부

신발에서
바지 끝으로
매달리는 빗방울이
몸으로
마음으로 젖어오는
그런 저녁입니다

잘 지내지요?

꽃시에 취해

전국 곳곳에서 정성껏 띄워 보낸
예쁜 꽃시의 운율이
서운암 법당 앞에 흐르네
금낭화 들꽃들이 시인묵객을 맞아
반갑게 미소 짓고
스님들의 고고한 학춤에
거문고 소리 은은하네
16만 도자기장경의 대역사는
누구나 경이로움에 감탄사를 발하며
자연과 들꽃의 속삭임은
마음의 꽃이요
시문학의 고리로서 사람이 곧 꽃이라
팔도 문인들이 손잡고 소통하는
꽃시 축제는
봄날의 시인 묵객들께 환희와 희망으로
무지갯빛을 발하네

겨울 상념

매서운 한파다
대지에는 영하 15도로
세상은 얼어붙었다
창밖 풍경에 젖는다
마음엔 새봄을 기다리며
아지랑이를 그린다
유난히 추운 한파는
언제쯤 제자리를 찾을까
거리의 노숙자들은
어떻게 겨울밤을 지새울까
세상은 어수선하고
정치판은 정쟁에
조용할 날이 없고
경제는 점점 더 어려워지는데
좌우로 갈라진 민심은
세상을 피곤하게 한다
그래도 새봄이 오면 신천에
개나리꽃은 피겠지

남남

낡은 도시의 구석을 헤매고
검은 길을 질주하고
지하의 어둠속에서 촛불을 들고
먼 여로에서 한쪽 발을 맞추고
계절의 의미도 함께 바라보며
봄, 여름, 가을, 겨울을 몇 번이나
보내고서 혹한에 다시 만나

삶과 이별의 슬픔을 미로 속 노래에서
얼마나 소리치고 흐느끼며 불러댔던가
야속하게도 종각의 늙은 벽시계는 우리에게
다시는 못 볼 남남이라니

영영 못 만날 남남이라니

닿는다

팔 뻗어
요만큼만의 닿을 거리에서 그대가 있어준다면
그 따뜻함이 한 끼의 식사가 되어
하루를 걸어가게 할 겁니다
그러니 그대여 안녕

결단

뒤를 돌아보지 않을
매서운 마음의 칼끝은
처음에는 타인을 향하지만
결국 자신에게 향하는 것을
이미 알고 있으면서도
결코 뒤를 돌아보지 않는다

III
안나푸르나의 독백

3번 버스는 강정 갔다

숨이 턱까지 차오를 때
강정에 갔다
포장이 되지 않은 날것의 길 위에서
낡은 버스는 사정없이 흔들렸고
참았던 눈물은
리듬에 못 이겨 조금씩 흘러내렸다

참 가난했었다
자식이 많은 아버지의 한숨은
친구의 어두운 방보다 더 깊었고
얹혀사는 빈 주머니에
부끄러움의 이끼가 자랄수록
3번 버스는
강정으로 데려갔다

오!
어서 오라!
장마를 맞은
낙동강의 도도한 물살이
상처의 얼룩진 바닥을

말끔히 씻어간 듯한 희열에
날이 저물도록 기슭에서
여윈 몸을 떨었다

대실에
아직 사람이 붐비지 않던 날
3번 버스는 강정에 갔다
외롭고 긴
뜨거웠던 결핍을 신고
강창보다 깊숙한 강정으로

첫 글자 기역엔

가끔씩 달려오는
가시내가 있다
가슴 안을 틈 없이
가득 채운
가엾은 내 첫사랑

안나푸르나의 독백

산이 있었어
그렇게 있을 것 같다고 믿으니
배고프지 않았어
몸살 같은 열망으로
최면을 걸었어
그곳에 가면
내 생을 다 주어도 좋다고
우리는 다들 그랬어
그래서 외로움의 독한 한기寒氣도
서로에겐 따뜻했어
안나! 안나! 안나!
차라리 죽고 싶었어
나를 버리고
너를 잊으며
우리는 다들 그렇게
그곳에서
영원으로 가고 싶었어

사랑이 의무일 수 있는가

조건 없는 것을
사랑이라고 믿을 때는
부풀어 올랐다
그 충만으로
살과 피가 타는 순간

칼날 위에
서다

난전亂廛

  연꽃 만발한 연지에서 난전을 편 노구의 주인은 오지 않는
발길을 기다린다
  그사이, 꺼져가는 어깨 위로 고운 노을이 내린다
  우리의 삶도 이렇게 저마다의 난전에서 오지 않는 발길을
기다리는 일이다
  하염없이, 고운 노을이 내릴 때까지

그대에게로

내 삶의 향기가 없어
향기로운 차를
마십니다 이렇게
스스로에게 없는 것을 찾아
길을 나섭니다
그대에게 가는 것도
매한가집니다
혹여 바쁘다면
아직 온기가 남은
그대의 흔적만 담아
오겠습니다

이별과 손잡고

영영 잊지 못할
아픈 이별
심장의 그리움

시공에 희미해지고
눈물 뒤 변색되네
뜬구름 같은 세월
가슴에 침잠을

이별과 손잡고
슬픔과 손잡고
망각과 손을 잡았지

지척에 무지개 탄 꽃수레
손만 뻗쳐도 맞닿을 연잎
눈가에 차가운 입술
이승의 이별에 깊은 망각

에델바이스Edelweiss

순백의 눈보라가 휘몰아치는
고지 옆 능선 길
고결한 너의 흰빛은 산꾼들의 표상이었고
풀잎 정열이었다
은빛 피켈은 너를 향해 번쩍이었고
설악과 한라, 알프스의 만년설에서
너와의 만남은 기쁨이었다
산행의 시작은 언제나 바닥에서지만
삶이란 사랑하는 법을 배우기 위한
얼마간의 자유시간이라 하였지
아직도 그 고귀한 흰빛 추억 속에
진실한 사랑을 배우기 위해
가파른 언덕을 오르고 있다

상주 은척에는

누가 알기나 할까
백두대간 힘차게 뻗어가고
낙동강 아름답게 굽이치는
상주벌 은척엔 삼풍 선생이
창도하신 동학교당이 고적하다
동학운동은 백성들의 눈뜸이요 자존이라
또한 인간존중이요 생명운동이리라
평등사상과 인간 사랑의 동학사상
수십만의 동학농민군은 왜적의 잔악함에
추풍낙엽처럼 쓰러졌지만
고난의 길 구도의 길을
막을 수는 없었네
그들은 이름 없는 들꽃으로
이슬처럼 사라졌지만
동학정신은 은척동학교당과 함께
생명의 빛으로
미래의 빛으로 영원할지어다

북벽 北壁

아직도 보이지 않는다
칠흑 같은 암흑이다
눈보라가 후려친다
며칠째 얼음 추위에 마음도 얼었다
강풍에 서있기도 힘들다
서로를 걱정한다
체온을 유지하려 서로 엉겨 붙었다
어제부터 아무것도 못 먹었다
내려갈 수도 없다
아~ 여기가 끝인가
에스 오 에스 …

산악정신〔알피니즘Alpinism〕

그 말은 도전이요
        개척이요
        사랑이요
        철학이고 사상이다

그 말은 헌신이요
        신념이요
        희생이고
        자연주의 사상이다

또한   선비정신이요
        정신 순화운동이다

산쟁이

수숫골 폭포골을 오르내리며
산을 알게 되고 바윗골 수태골을 드나들며
산을 배웠다

병풍암 해골암에서
암벽과 친해지며
설악산 토왕폭과 천황산 층층폭에서
빙벽과 설벽 사이를 교감하였지

열정이 넘칠 땐 백두대간과 열애하며
삼백육십일을 쉬지 않고 사랑했었지
사랑에 빠져 알프스와 히말라야에서
백설의 향기에 취해 행복했었지

주제 넘친 짝사랑으로 안나푸르나 설산에서
견우 직녀를 흠모했었다
환상으로 헤매다 직녀와의 영원한 이별로
길을 잃고 산중 방랑객이 되어

설산만 바라보고 넋을 잃어

직녀의 별빛 미소에
슬픈 그림자만 차갑게 내리네

산에 가는 사람은

산에 가는 사람은 알지

경사의 직선이 뻗을수록
오장육부가 튕겨 오르는 희열을
잊지 못해 하지
행여 오지 못한 사람이 있어도
결코 가질 못할 이유가 아님을
그러니까 죽을 수 있는 길이
또한 살아갈 절대의 힘임을

산을 가는 사람은 잘 알지

산유화

산에는
사람도 많습니다
사람 하나하나가 꽃이라면
온 산을 물들이며 꽃이 핍니다
갈 봄 여름 없이 꽃이 피어납니다

산에는
아무도 없습니다
나무 하나하나가 고요라면
온 산이 적막으로 물듭니다
갈 봄 여름 없이 적막으로 젖어갑니다

저만치에서

안자일렌Anseilen

천지간이 보이지 않을 때 두려움은 매듭에서 전해지는 팽
팽함으로 사라진다
절대 풀지 않는다는 견고한 믿음이 벼랑 위에서도 숨을 쉬
게 만든다

네가 보이지 않을 때 내 속에 있는 매듭이 풀어지지 않았는
가를 늘 살핀다
매듭보다 가벼운 그 마음을 한없이 측은해하다가도 생각을
고쳐먹는다
사랑이라고 너를 향한 내 사랑이라고

※ 안자일렌(독:Anseilen) : 등반에서 안전을 위하여 서로 몸을 로프에
묶는 방식

IV
아주 늦게

아주 늦게

문을 닫다 낀 손가락을 움켜잡으며 깨달았습니다
세상으로부터 받은 고통보다 내 스스로 내게 준 고통이 더
많았다는 걸 알았습니다
아주 늦게

나가사키

원폭 투하의 광활한 잿더미와
흙먼지
45년 8월 9일 나가사키

인간의 오만과 무력함
검게 그을린 성당의 참혹한 그림자
인류의 보편적 가치인 휴머니즘의 외침은

원폭의 섬광 속에 사라진 15만 생명
미군과 일본 기모노 여인과의 슬픈 사랑
오페라 나비부인의 허밍 코러스는
부두의 그리움으로 해변에 스며든다

하얀 그리움

하얀 설산을 향하는 마음은
새로운 미지의 그리움

하얀 설산의 설렘은
진정한 자아를 위한 그리움

하얀 설산의 반가움은
서로 믿는 벗들의 그리움

하얀 설산에의 도전은
진짜 내 모습의 그리움

하얀 설산을 내달릴 때에는
진정한 님의 그리운 마음 때문

눈 덮인 정상을 숨차게 오를 때에는
자신의 한계에 그리움 때문

횡계문우

달구벌達丘伐 문우님들 구곡문화九谷文化 나들이
정담 나누며 찾아간 횡계구곡
옥간정玉磵亭 모고헌慕古軒
횡계서당橫溪書堂에 들어서니
옛 선비들의 고고한 선비정신이
몸가짐을 여미게 하는구나
무이구곡武夷九曲 그리워
제1곡은 쌍계雙溪 제2곡은 공암孔巖
제3곡은 태고와太古窩 제4곡은 옥간정玉磵亭
제5곡은 와룡암臥龍巖 제6곡은 벽만碧灣
제7곡은 신제新堤 제8곡은 채약동埰藥洞
제9곡은 고암高菴이라 한다네
눈앞에 탁 트이는 무릉도원의 맑은 물소리
옛 선비들의 올곧은 마음 시 읊는 소리같이
정겨웁구나

무의식

중년을 산다지만
생각이 없다
멍하니 멍때리기
설명이 될까
세상사 다난하여
흑과 백이 희미하고
생生과 사死가
흐릿하다
신명나면 노래하고
화나면 큰소리
세상분별 분명해도
이따금 멍하다
정반합正反合이
답이 될까

꽃의 타전

2월도 오기 전
문자 알림종을 타고 온 복수초
보낸 이의 더듬거렸던 손가락엔
아직 1월의 냉기가 가시지 않은데
꽃은 그냥
환하다

소소함에 대하여

만나진 못해도 그리워할 수 있어
행복하다
내일도 그 사람 사랑할 수 있어
행복하다
만나진 못해도 보고 싶어 행복하다
오늘도 기다릴 수 있어 행복하다
재물도 명예도 없으니 지킬 일 없어 좋다
내일도 모레도 일할 수 있어 즐겁다
큰 탈 없이 나이 듦도 고맙고 행복하다
해가 지면 돌아갈 집이 있어 행복하고
오늘 먹을 양식이 있어 즐겁다
하늘 아래 어디든 마음대로 갈 수 있는
자유가 있어 진정 행복하다

운명애〔amor fati〕

생生의 항해는 우리의 몫
자연은 섭리대로 흐르고
사랑 이별 슬픔도 삶의 몫
황혼이 지면 달이 뜨고
깊은 밤 먹구름 소나기도 운명

속박 탈출 숙명 자유
영원으로 가는 길목에서
피할 수 없는 삶의 몫
괴로움과 슬픔의 긴 여정
힘겹고 서러웁지만
우리는 아모르파티

운명을 긍정하고 사랑하며
극복 개척 도전해 가는
연어 같은 억척의 삶
우리는 아모르파티

진달래 회상

천왕봉 고갯마루
분홍 교태에
봄 향기 풀 내음에 구름도 취해
푸르른 솔밭에서 해님을 반기네

설익은 남과 여는 능선길에서
부끄러운 눈짓으로 설렘에 젖어
손잡은 수줍음에 분홍빛 가슴

덧없는 세월은 무심하게 흘러
우리네 이마엔 주름이 깊어지네

탐스런 꽃 만나면
눈웃음치며 소박한 정 나누던
그 시절 동무들
이젠 그 첫사랑 기억할까?

허수아비

거울 앞 허수아비
울고 있는 허수아비
파란 옷에 빨간 짓

처마 밑에 서 있네
하얀 옷에 까만 생각
거울 앞에 여럿

신사 옷에 가면 쓰고
백로로
화장했네

때에 따라 변신하는
카멜레온 허수아비

허공

노닥대고 흥얼대다
나른한 회색 휴식
아련한 그림자
뇌리 속은 하얗다
깊은 밤 끝없는 유영
허공 속 하얀 연기
여기가 어딘지
미로를 허둥거린다
추억에 저장하고
안개 낀 새벽길로
시공을 떠난다

심해

깊고 어두운 바닷속에
무거운 파도가 숨죽인다
인간들의 사악함 끝이 없다
심해의 암흑 속 검은 물고기는
예리한 칼질을 세상 앞으로 해야 하나
검은 바다의 깊은 파도는 검게 울렁인다
깊은 욕망의 그림자가 소리 없이
꿈틀댄다
세상을 위해 고해에서 나설 것인가
이대로 심해에서 가슴 치며
울고 있을 것인가

빨간 제라늄

세월의 풍파에 한이 많았니
사철 돌아서서 웃고 있느냐
떠나간 사랑이 야속하더냐
쓰린 생채기 보내지 못하느냐
색의 향기는 힘이 되었지
혹독한 한파에도 빛을 기다리느냐
의연한 모습이 고맙구나
연옥으로 떠난
하얀 그리움도
너를 보며 기다린다

손잡고

영영 잊지 못할 것 같던
아픈 이별
지독한 심장의 그리움

시공에 희미해지고
눈물 뒤 변색되네
뜬구름 같은 세월
가슴에 침잠을

너 때문에 이별
너 때문에 슬픔
너 때문에 망각과 손을 잡았지

지척에 무지개 탄 꽃수레
손만 뻗쳐도 맞닿을 연잎
눈가에 차가운 입술
이승의 이별에 깊은 망각

신천

천변은 오리들의 밥상
청둥오리의 자맥질은 모성애
강가 풀 내음에 이슬 젖고
저편 왜가리는
연둣빛 춤을
정겨운 풀빛의 몸짓은
바람에 농을 걸고
늙은 텃새도 강가 카페를
기웃댄다
교각 사이로는 종이배가
세월에 손짓
오리는 아지랑이 너머
정갈한 밥상을 차리고
여울 따라 가보면
무지개가 보인다
어둠이 내리는 주막에
길손을 반겨
하얀 그림자 내린다

V

하얀 일탈

고엽

말과 발 사이
포획을 꿈꾸던 바람
노을 햇살에 숨겨진 그림자

지난 봄 뒷산 진달래는 화사했다

봄날의 벅찬 아침은 어디에
늦계절 젖어가는
등 굽은 외솔나무
폭풍에 쓸려간 거친 모래가
젊은 발자국을 지우고
놓지 않아도 놓아지는
계절에 또 무엇이 채워질 건가
시린 하늘빛에 걸린
닿을 수 없는 마음 한 가닥!

고장 난 카메라

숲속 벌거숭이가 된 맨발의 지성
무화과에 취한 채 솔잎 아래서
오색 스카프를 감은 맨발에게 셔터를
서로가 모델과 작가가 되어서
숲 사이 바람과 사랑을 나눈다
명품 사진기가 바람에 고장
첨단카메라도 숲 향기에 멈추어
산 너머에 먹구름이 찾아온다
두 맨발은 숲을 그린다
오렌지 향기와 난삽한 사진으로
도시의 새벽이 움튼다
새벽길 과속으로 숨어 달린다

하얀 일탈

응급실 하얀 멀미에
끼니도 잊고
간만에 밤거리 골목 식당에
탈출할 마음에 위생복 출타
무구한 허준이라 수군대지만
길섶에 풀잎 보지 못하네
먼 곳 슈바이처를 동경했지만
차가운 현실은 서릿발 세상
별자리에 가려 숨겨진 속삭임
사막을 떠난 간만의 일탈
다감한 원색으로 쉬고 싶지만
또 언제 희미한 그믐달이 될지
조각배의 은토끼 별강을 타고
도솔천 기슭으로 가게 해다오
오늘은 솔 향에 눈감고 싶다

겨울 장미

활화산 불 조각이 차갑게 지성으로
몸부림치네

맨 얼굴의 천진함이
오뉴월 서릿발

고고한 몸짓으로 끝끝내 도발
소박한 눈빛은 평화를 그리네

싸늘한 독기는 바람을 멈추고
예리한 직관은 파도도 잠드네

무화과처럼 감추지만
북방의 아오지가 손짓

고향마을 굴뚝을 그리면서도
높은 산, 만년설로 떠날 수밖에

너! 다음 생엔
장미 말고 붓꽃으로 태어나면 안 되겠니

이별 여행

낡은 도시의 구석구석
검은 길을 달리고
땅속 촛불을 나누며
먼 여로에선 한 발로 춤추고
계절의 아픔 바라보며
백색 겨울을 몇 번이나
넘고서야 혹한에 다시 만났지
삶과 이별의 슬픔을
미로에서 마주보았지
종각의 늙은 벽시계는
다시 못 볼 남남이라니
영영 못 만날 이별이라니

도시 바보

마음 약해서 또 당한다
쪽빛 하늘만 바라본다
부질없는 정 때문
혼자 허둥대다가
허공에 비친다
사랑 깊어 말 못 하고
멍이 되지만
겁 없이 맨손으로 덤비다가
몇 갑절 생채기만 남는다
석양을 사랑해 열정으로 뛰다가
제풀에 상처만 받고
하얀 서러움 설산에 외친다
그래도 도시에선 빈 너털웃음
철들어 시작된 고질병
어리하고 삐리한 바보 멍청이

먼 길

기침소리만 듣고도
버선발로 반길 님
고향 남산에 초록 집 짓고
오랫동안 벗하자던 당신
할 일이 산적한데 어이 벌써 가시나요
앞마당 꽃밭에서 시 짓고 노래하며
오래 벗하자던 약속은 어찌 하오
지난겨울 눈 내린 날
시 읊으며 노래하던 푸른 연옥이
그리도 급하게 그리웠나요
문밖에 솟대 세우며 행운 빌던 고운 정성
꽃구름에 싣고 가는 것이오
너무 급하오
너무 급하오
차라리 그럴 바엔
내가 끓인 국밥이라도 드시고 가시지요
가시는 길 멀더라도 간혹 안부 잊지 마오

바람난 남자

꿀단지처럼 사랑했던 남자가
이웃 여자의 정에 끌려 서산을 바라본다면
울어야만 하나
시기할까 이해할까 질투할까 용서할까
답답하겠지
소문난 현모양처는 모두를 사랑하며
포용하고 수용하며 어우러진다 하였는데
내 속은 괜찮을까
이해하지 못하고 차갑게 헤어질까
이럴 때 신사임당은 어떻게 처신할지

진공

부채처럼 펼쳐진 새벽 길
혼미한 환청, 카메라에
파란 겨울 진공으로 헤적이고
황금빛 남쪽바다 무지개로 포장
붉은 등대는 남 여 가림막
끝내 제4막을 감춘 금단의 벽
검은 파도의 춤사위 몽롱하네
물고기의 비상은 제1막
푸른 바다 냄새는 뜬구름
우리 인연은 진공상태

2·28 정신을 새기며

여기 팔공산의 정기가 흐른다
여기 달구벌의 기상이 넘친다
여기 낙동강의 얼이 흐른다
여기 비슬산은 북을 치며 울력으로 용솟음친다

일천구백육십년 이월 이십팔일
민주수호와 독재타도 부정부패에 맞서
순수의 깃발로 거리로 뛰쳐나온
우리나라 최초의 민주운동
대구의 초록 건각들의 함성
그날의 불길이여, 그날의 함성이여
젊은 학도들의 선비정신이여
횃불처럼 타올라라 태양처럼 누리를 밝혀라

우리는 그날을 잊지 않으리라
영원히 기억하리라
그날의 젊고 푸른 샛별의 반짝임을
횃불의 영혼을
역사에 길이 빛날 뜨거운 불길을
달구벌의 함성을 다시 외치며
대한민국의 무궁함을 소리 높여 외칠 것이로다

첫사랑 참꽃

어린 시절 비슬산 참꽃 잎을
따먹으며 허기를 달랬다
봄이면 유가사 산길에
진분홍 참꽃이 즐비하여
꽃놀이하며 산에 올랐다
학창시절엔 아랫마을 소녀들과
용연사 계곡에서 물장구치며
꿈을 키웠지
청년이 되면서 참꽃 길을 따라
천왕봉에 오르며 아기진달래를
노래하였다
이젠 달성이 눈부시게 변하여
그때 그 시절 추억이 그립고
함께 노래하며 나누어 먹던
첫사랑 순이가 보고 싶다

고별
- 우울증

갈등으로 방황하다 고별을 택했지
중년의 우울증은 무서운 적병
여인들이 한 번쯤 시달리는 고질
견우처럼 좋아했던 사랑이지만
님의 짐이 되기 싫어
고별을 택했다
적병 없는 세상은 없는 것일까
심약한 너의 마음이 걱정스러워
부디 고약한 그놈을 밀어주시게
훗날 질병 없는 세상에서
다시 만나세

폭염

연일 찌는 무더위 38도
폭염 속에 지친 도시는 뜨겁다
콘크리트 고층 빌딩의 전시장 같은
삭막하게 후끈거리는 회색도시
30층 옥상에서 내려다보는 황색 건조
뜨겁게 작열하는 사하라 같은 살인 더위
뉴스에 노약자 노숙자 몇 사람이
더위로 사망했다는 소식
게다가 마른장마와 가뭄에 농민들을
괴롭히고 식수마저 고갈
지구의 온난화로 빙하가 녹고
비정상 기후에 지구촌 곳곳은
지진과 화산 폭발 죽음의 폐허로
지구촌의 종말일까
아~~
세상의 끝이 오는 것인가

여수 밤바다

그리기만 해도 감성을 자극하는
오동도 하얀 파도
붉은 입술의 동백이 손짓하네
섬 색시의 그리움
철마다 바람으로 전해오고 나폴리Napole를 연상하는
밤바다의 미색은 지나는 나그네를 유혹하네
향일암의 미려한 풍치는 곧 바람이요 바다요 파도이고 꽃이네
호남선에서 울며 이별한 님과의 재회
여수 밤바다에서

말없이

- 제망매가에 부쳐

삶과 죽음이 여기 있다는 말
어느 가을 이른 바람에 떨어지는 꽃잎과 같다는 말
한 가지에 나서 서로 가는 곳을 모른다는 말
만날 날을 기다리겠다는 말
그런 말도 듣지 못하고
너는
말없이 갔다

안나의 길 · 2

이병훈

온종일 비를 맞으며 걸었다. 네팔 히말라야 계곡 어둠이 시야 가장자리로 잦아들 때쯤 지친 몸으로 울레리 산장에 발을 들였다. 산장이라 하지만 전기도 우물도 없는 초라한 곳이었다. 촛불 속에 소박한 식사가 나왔다. 산장주인인 젊은 부부는 어린 남매를 키우며 살고 있었는데, 살림이 별반 넉넉하지 않아도 행복해 보였다. 그들 부부는 비가 오는 밤중인데도 밭에 나가 과일을 따오고 따끈한 차도 끓여주었다. 이방인의 낯설음을 풀어주려고 애쓰는 모습이 너무도 따스했다.

내일은 고레파니를 거쳐 푼힐 전망대까지 올라가야 한

다. 고산증세가 올 수도 있으니 미리 수분을 많이 섭취해 두어야 했다. 깊어 가는 습한 밤이 추위를 부추기자 까닭 없는 서글픔이 피곤에 젖은 침낭 속을 헤집고 들어왔다. 너 와지붕을 두드리는 빗소리의 반복음은 망각의 바닥에 설앉 은 J의 잔상을 기억의 수면 위로 떠올렸다. 그녀는 여기 안 나에서 스물 몇 해의 고운 열정을 묻기까지 자신을 향한 살 아남은 자의 슬픔을 한 번이라도 생각해 봤을까.

　주변의 조용함이 아침을 깨웠다. 창문을 가득 메운 햇살 에 혹시나 하며 바삐 몸을 일으켰다. 아니나 다를까, 어제 까지만 해도 가스 때문에 보이지 않던 안나푸르나의 남봉 이 짙푸른 하늘을 이고 공중에 떠있는 것이다. 나를 밀어낼 것만 같은 위용은 순간, 숨을 멎게 했으며 드디어 히말라야 의 중심에 서 있음을 확인시켜 주었다. 눈 아래 끝 간 데 없 는 천상의 구름바다가 발을 허공에 담근 듯 착각을 불러일 으켰고 그 위에 솟은 안나와 히운출리, 강가푸로나, 마차푸 차례 등 만년설의 파노라마가 아침 햇살에 더욱더 순백을 자랑했다. 두 눈 속에만 담는 것이 너무도 아까워 카메라 셔터 위의 검지를 쉴 새 없이 움직였다.

　몇 해 전 한여름 휴가를 맞아 설악산 종주산행을 할 때 였다. 새벽부터 우리는 경사가 심한 공룡능선을 숨 가쁘게 오르내렸다. 특히 여름철의 공룡능선은 참으로 지루한 코 스였다. 그리고 유달리 물이 귀해 다음 막영지까지는 물을 아낄 수밖에 없었고, 흐르는 땀만큼 목이 타들었다. 계획대 로 빡빡하게 움직이는 산행이었으므로 다소의 긴장에 말수도 차츰 줄어들었다. 서로 목이 마르다는 의사는 눈으로만 읽을 뿐 표현을 삼갔는데, 마침 앞서가던 그녀가 바위 틈새의 가는 물줄기를 발견하고 탄성을 울렸다. 모두 달려들어 마시기를 주저하지 않았는데 순간 그녀는 '선배 먼저!'를 외쳤다. 그러곤 재빨리 컵을 꺼내 물을 받아 저만치 있는 나에게 주는 것이 아닌가. 산악회 후배인 그녀가 산악 조직론을 거론하는 것이 일순 대견하기도 했으며 '떡잎부터 안다'는 산쟁이로서의 자질을 엿볼 수 있어 흐뭇했다.

평소에도 그녀는 히말라야 14좌 중 안나푸르나가 제일 좋다며 언젠가는 여성등반대를 꾸려 안나 원정등반을 이루고 싶다는 당찬 포부를 얘기하기도 했다. 그 후로 그녀는 내적 기량을 다듬는 것에서부터 정보와 자료 수집, 훈련 등 모든 일에 적극적이었고 솔선수범했다. 그런 그녀를 옆에서 지켜보며 꼭 꿈을 펼칠 수 있기를 내심 빌어주었다. 그런데 나름의 의지가 굳은 산꾼들은 대개가 자신의 의지와 행동철학이 분명한 만큼 개성이 강해 솔로(단독)등반을 좋아한다. 그녀도 여러 가지 척박한 산악계 환경 속에서 순수 여성대의 원정등반 실현에 노력을 기울이다 여의치 않자 결국은 혼자서 말도 없이 안나로 떠났던 것이다.

해 질 무렵에야 고레파니를 거쳐 푼힐에 당도했다. 네팔의 3대 전망대 중 하나인 이곳에서는 14좌 중의 하나인 다울라기리와 투쿠체, 닐기리, 마차푸차레, 안나푸르나 등 빼어난 산들이 지구의 경계를 날카롭게 가늠하고 있었다. 변하지 않는 만년설은 시시각각 변하는 사회상을 비웃기라도 하듯 장엄하게 펼쳐져 있다.

지친 하루의 일과가 끝나자 푼힐의 노을은 사위어 가는 한 인간의 절절한 꿈을 조용히 거두어 간다.

어둠이 피곤한 몸에 실려 부재不在의 아픔으로 번져왔다.

* 안나 : 산악인들끼리 부르는 안나푸르나(히말라야 산맥의 8,000m급 14좌 중 하나) 산의 애칭
* 가스 : 산악용어로 산안개를 일컬음

시를 위한 연가

지은이 ┃ 이병훈

초판발행 ┃ 2020년 11월 25일

펴낸이 ┃ 신중현
펴낸곳 ┃ 도서출판 학이사
출판등록 ┃ 제25100-2005-28호

대구광역시 달서구 문화회관11안길 22-1(장동)
전화_(053) 554-3431, 3432 팩시밀리_(053) 554-3433
홈페이지_http://www.학이사.kr
이메일_hes3431@naver.com

ISBN_979-11-5854-275-7 03810